A PEDRA DE MINAS

POEMAS GERAIS

WILSON PEREIRA

Brasília, 2002.

Capa e projeto gráfico: Luís Eduardo Resende (Resa).

Dados Internacionais de Catalogação na Publicação (CIP)

Pereira, Wilson.
A pedra de Minas : poemas gerais / Wilson Pereira. – Brasília : L.G.E Ed., 2002.
291 p. ; 21 x 11 cm.

Conteúdo: Menino sem fim – Pedras de Minas – Decantação – Escavações no tempo.

I. Literatura brasileira. 2. Poesia. I. Título.

CDU 869.0 (81)-2

Agradecimento

Ao Dautro Noronha Barros, empresário
de visão cultural e sensibilidade poética,
que proporcionou a edição deste livro.

SUMÁRIO

ESCAVAÇÕES NO TEMPO

POEMAS DE

MENINO SEM FIM

(1975 –1988)

Desde que não me conheço
é assim
eu ando sempre atrás de mim

APRESENTAÇÃO

Vou des-ser
do que sou,

sub'ir
ao invento

na orla do tempo
além de mim,

feito canto
eu me apresento

menino sem fim.

INFÂNCIA

Eu fui meu
como o espaço
era do pássaro.

Eu me soltava
em cantos e plumas
pelos campos da manhã.

Eu brincava comigo:
eu era eu
e o meu amigo.

Eu me falava baixo
para não espantar
o meu silêncio.

Eu era pequeno
e imenso.

ORIGEM

1–
Bebi da garganta
                    do galo
gargalhos de canto:

amanheci no campo,
vesti-me do sereno.

Do azul me aprendi:
– pastor de pássaros.

No orvalho dos pastos
aflorei meus caminhos.

2–
O poente bebeu-me os olhos
fez-se a tarde em meu semblante.

Trago no peito presente
pássaros e manhãs distantes.

HERANÇA

Meu pai,
quando no brusco
corte
a força foi-se
de teu braço

minha mão
ficou suspensa
de-morada

no ar
pedindo bênção
à tarde.

Pólen ao vento
flor a se fazer
sem sustento
minha mão
no ar.

Resta-me raiz
luto e invento
caule e fruto
da mão que do
(h)aste

antes de murchar.

O PEQUENO PROTEGIDO

O que eu trouxe
da infância comigo
está em mim
quase vencido.

Como um herói
desfeito em palavras
guardei pouco
para ser vivido.

Mas não me disse bem,
pois pouco me sei;
o que sôo é mais
o que de mim inventei.

Na verdade o menino
não cresceu comigo:

minha mãe o tem em si,
pequeno e protegido.

O SINO

1 –
O som sim
sim o som
do sino

fino bom
um hino
o som
do sino

ao me acordar
menino.

2 –
Quando anunciou
o longo sono
dos meus

mudou-se
o som do sino:

tão sem tom

tão   tão tão.

O ESTRANHO

Quando menino
desenhei caminhos
no vento:

viajei
em sonhos
          e miragens

Oh! com que espanto
vi crescer do espelho
o homem que invadiu
meu espaço encantado.

DESENCONTRO

O menino que fui
para onde veio?

Para o homem
de lucros e perdas,
para o homem
de lutas e receios?

Vim para um homem
que não reconheço:
tenho os olhos limpos,
mas a mim não me espelho.

Teço meus próprios desvios
para fugir do que me enleia;
corro ao que me espera,
mas não alcanço a mim mesmo.

Esquivos caminhos,
por onde encontrar-me?
se passo por mim
entre o que fui
e o que virei.

MEUS MORTOS

Im(p)unes ao tempo
Meus mortos regressam.

De que nuvem vaga,
de que nave de brisa
eles descem?

Penetram leves
em meu sono;
sem ruídos, sem voz,
sem planos vivos,
se instalam em meu sonho:

serenos fantasmas.

Sua paz, seu silêncio
me envolvem
e me convidam
a partir um pouco consigo

quando se dissolvem
ao menor sopro da vida.

TRAVESSIA

Para o Clênio, meu irmão
Poeta

Atravessaste a vida
como um menino travesso
atravessa uma avenida
num dia de festa;

como um sino
atravessa a tarde,
como uma imagem
atravessa a saudade;

atravessaste a vida
como um corisco,
entre as nuvens,
se arisca dos olhos;

atravessaste o tempo:

como um menino

apascentas um rio
sem margens.

SALTO MORTAL

O menino
leve e esguio,
brilhou no ar
como um raio:

explodiu-se
a calma do rio.

Seu corpo-seta
feriu fundo
o íntimo do rio.

Nas garras de pedras
na malha das algas
onde a vida se prendia?

Não se ouviu
borbulhar o grito
na superfície:

quando se soube
a hora já era fria
pelas margens.

SINHÁ

"Negro deita. Negro acorda.
Bate pilão" (Raul Bopp)

Outrora
a mão velhinha
da negra vizinha
batia pilão
batia pilão
batia pilão

Longe do mundo
sobra da escravidão
batia pilão
batia pilão
batia pilão

Oitentava sozinha a negra
sinhá de sua solidão
batia pilão
batia pilão
batia pilão

Quando cantava
a língua na boca
batia pilão
batia pilão
batia pilão

No peito já fraquinho
o coração devagarinho
batia pilão
batia pilão
batia pilão

Hoje na casinha fechada
sua ausência sossegada
bate pilão
bate pilão
bate pilão.

POEMINHA

Para o Thiago, meu filho

Eu sei que tu sonhas,
meu filho.

E em teu sonho
pasta um cavalinho branco.

E te aproximas
flutuando, flutuando.

Estás tão perto,
saltas para montá-lo:

– mas que cavalinho esperto!

Teus olhinhos
já abertos
ainda campeiam
um cavalinho branco

entre as nuvens do teto.

FUGA

O menino fugiu-me
sem que eu visse
por onde:

foi atrás da estrela caída,
foi colher uma flor do campo
e se perdeu de mim
que andava tão longe?

Ou o menino
subiu pelo arco-íris
pensando que era ponte
entre mim e o horizonte?

Ou o menino
fugiu-me
só
com medo de ficar grande?

BRINQUEDO

A criança,
vendo-se do homem,
é maior do que a criança,
é maior do que o homem:

é o homem
sabendo em si
a criança
e o homem

brincando de si
consigo.

SUSTO

A volta à fazenda
que susto me deu:

meu filho, cuidado,

que o boi brabo
te pega em mim!

MENINO SEM DONO

Coberto de nuvens
dorme um menino,

esquecido do frio
e da fome

dorme
o bichinho sem dono.

Que sonho o afaga?
Que sonho o assombra?

O sono o afoga
num vago de sombras;

Que mão de fada
o salva:
a minha a-tua?

O sono
apaga nos olhos

o menino da rua.

MENINO LEVADO

Para o Fernando, meu filho

O menino
que fui,
descobri-o
mais tarde:

fugindo de mim
fingindo de si
fazendo arte.

O menino
que fui,
                vim
passando
                em mim
o passado.

O menino
que fui
foi-se depois
levando-me:

                        menino levado.

POEMETO

O menino
que fui
crescendo

foi-se
diminuindo

de mim nu indo.

NO AZUL

A vida é uma pipa.

A vida é assim:

um menino
se soltando

se saltando

se soltando

no azul

sem fim.

ENQUANTO É TEMPO

1–
Menino,
sai do sol;

menino,
sai da chuva;

menino,
sai do vento;

menino,
sai da rua;

menino,
vem pra dentro.

2–
Menino,
cria asas:

vai ao vento
vai à noite,
vai ao sonho;

menino,
vai em frente,
sai de casa,
sai do sério,
inventa.

3–
Menino,
sai do homem
e brinca um pouco,

enquanto é tempo.

O MENINO

O menino em mim
ainda se comemora:

há um gosto de vento
nos ombros,

um cheiro de amoras
no tempo,

um engenho de sonho
nos olhos;

uma varanda
namora o silêncio
das horas que caem.

O menino em mim
ainda cresce

e me leva embora.

PALAVRA

Palavra:

som que voa
vôo que soa

forma que pousa
pouso com forma

fruto do som
vida da cousa:

Palavra.

O VERBO

A Murilo Mendes, in memoriam.

Que o verbo
se faça paz
e habite
entre nós.

Que o verbo
se faça pão
e se multiplique
e se reparta
por nós.

Que o verbo
se faça ação
em todo tempo
modo e lugar

e seja hábito
entre nós.

POEMA-RIO

A Ferreira Gullar

Em tempo de seca braba
em que as bocas amargam
e as palavras se queimam
no estio das línguas,

urge um poema, como um rio,
largo fundo de palavras turvas:

um poema-rio
a que outras mágoas afluam.

Um poema–como–um–rio
que canta pelas orlas verdes
mas que em seu bojo
leva os detritos do dia,
leva mais que as suas
as lamas as escamas
de outros rios.

Em tempo de nascentes aterradas
surge o Poema Sujo:

agudo agüudo poema–rio.

CONCHA

Ao Altino Caixeta de Castro

O poeta

em silêncio
côncavo

concha
embebida
em canto

polifônico.

O poeta
em si
regendo os ventos

harmônico.

O poeta
eu-fônico

alma convexa
condensa
o ritmo das águas

em palavras-pérolas.

ROSALINA

Para Autran Dourado

Rosalina
Rosalinda
Rosaninfa

(Rosa fechada)

Rosa Cota
Rosa Casta
Rosa Cara

– Rosa em casa.

Rosa de seda
Rosa de sonhos
Rosa de dedos

Rosa diurna:
– Rosa soturna.

Rosa noturna:
– Rosa de sangue
em fúrias.

Rosa desflorada
Rosa desvendada

Rosa FECUNDADA

Rosa murcha

Rosa noiva
Rosa doida
Rosa foi-se

Rosalina
Rosa-vida
Rosa-mundo

Rosa
pêndulo–parado.

ELEGIA

Cassiano Ricardo,
levas a mão pesada
dos poemas irrealizados:

Qual um pássaro
prenhe de canto
do seu e de outros
de cujos bicos estancados
converge o peso mudo
ao próprio peito morto.

A MÃO DO ALEIJADINHO

Para Bueno de Rivera, in memoriam

A pedra é bruta
a mão é forte
mas a mão (de argila)
também é ágil
e sabe a arte
de moldar a pedra.

A mão, sendo pouca,
se instrumenta
a ferro:

Mão e formão
se associam
e gestam profetas

Os Profetas oram
um Ser'mão milenar...

Mão e formão
não cessam
não saciam
o Gênio, a gênesis.

Há outras formas latentes
em seu espaço íntimo:

Igrejas, Santos, Anjos
brotam do criador
dilacerado.

A carne é fraca
a pedra é forte
(e a carne
deve-se à terra
como a obra
se deve à mão.)

E essa Mão
não se deforma
não morre essa Mão
essa Mão escorre
pelo formão
nas formas.

Essa mão dura,
gêmea de sua arte,
enquanto durar a pedra.

VERBO VIVO

O Verbo
é pão e vinho
fúria e fome
em mim.

O Verbo
está no fim
do que digo,
onde me espero
e me elucido:

Verbo,
logo Vivo.

PALAVRAS DE/OU A JOÃO CABRAL DE MELO NETO

A tua palavra: pedra
afunda e pesa
no remanso da alma.

A tua palavra: lâmina
fere e brilha
na lama do olho.

A tua palavra: mangue
onde o homem
se mira e confere
o homem no homem.

A tua palavra: rio
corre no seco
que nada no homem.

A tua palavra: mar
sua e banha
o que é ser tão árido
no homem.

A tua palavra: sertão
ensina a sina de chão
do homem ao homem.

A tua palavra: palavra
sulca a terra da fala
no silêncio do homem.

A tua palavra: canto
insere e desperta
o pássaro no homem.

A tua palavra
mais que tudo
revela o homem.

POEMIA

Poesia, Poesia,

bebo tua essência
me embriago
de tua luz
e incenso.

Atravesso a noite
                                        lírico
                                                  sou poêmio.

TELEPOEMA

A Garcia Lorca

A vida é branca.

Branca e suja
como uma pomba
ferida

arrastando-se.

POEMA PESSOALIZADO

Busco-me
no que venho

perdi-me
do que vim

o que chego
despeço-me

sou a passagem
por mim.

VOU COMIGO

Vou comigo
em silêncio
nascendo em mim.

Vou comigo
em convivência
crescendo em mim.

Vôo com a vida
fora de mim:

vou comigo
sem resistência
me levando de mim.

Vou – comigo –
com carência
de mim.

O que resto
em essência
flui de mim
para o poema.

EM BUSCA DO POEMA

Saio em busca
do poema.

Busco
tempo e tempero
para o poema.

Busco
sonho e desespero
para o poema.

Eu me busco
me rabisco
e me rebusco
no poema.

O poema
é meu estandarte,
meus adereços.

O poema
é minha face,
meu avesso.

No poema
convivo com os fantasmas
de mim mesmo.

O poema
é meu último endereço.

O OUTRO EM MIM

A vida
me alucina
e me espanta,

cada esquina
arma a garganta
do imprevisto.

E eu
resisto em mim
a gula, a fila,
o alvoroço.

E eu
assisto em mim
a chama, a fenda,
o sol posto.

E me ilumino
e me alumbro
e me contamino
por pouco.

E eu
me salto em mim
me solto, absorto,

e quando volto
passo por mim,
                    oposto.

LEVANTE

Às vezes
eu me faço
do silêncio:
penso

e com a essência
das palavras
que me sobem
pelos braços

me desenho no alto:

sou sonho,
viajo leve lã
                    no espaço.

Com os ventos
                    mudo

com o tempo
                    passo:

convoco
os sumos do verbo,
meus gumes de fogo,
meus numes de aço.

Às vezes
me levanto
das nuvens
e pouso em mim
como a chuva
                no pássaro.

EUS

O meu lado tímido
é que manda em mim:

me impõe
o passo lasso
a vista baixa
o gesto... indeciso

– o sabor do silêncio.

Meu lado ousado
vive em mim
                                        menor
desafinado.

Se me escapo
num vão do tempo,

invento outro
que me contemplo

                                                    das palavras.

CRIAÇÃO

Ó momento
monumento espelho
do que em mim é deus

ou cria meu ser
além das barreiras físicas
fixas em terras acabadas.

Ó silêncio
onde a palavra madura
sementes semânticas.

Ó poesia,
mcu vôo transparente
no vazio da pose:

melodia e palavras
– águas da alma –
me transbordam.

GÊNESIS

No princípio
uma Célula
se dividiu
se multiplicou
e se doou
em seis dias.

No sétimo
as criaturas
buscaram harmonia.

No oitavo
surgiu a ambição
e seus conflitos

e ainda
não se fez
o nono dia.

OS DOIS LADOS

Em mim cultivo
o lírio e o cacto
(o lírico e o sátiro)

Em verdades
sou plumas;
contra a farsa
sou áspero.

Para o bom
sou manso;
por dom
sou triste.

E contra o mau
sempre aponto
o meu verso
em riste.

LAVRÁRIDA

Nós temos a semente
e sabemos: a colheita
é futura,

embora seja sáfaro
o presente
para qualquer semeadura.

Sabemos das ervas
das armas das farpas
ameaçando a safra.

E é tanto silêncio,
tanto desencanto,
e tanto a fome se avulta

que nós plantamos,
plantamos a vingança
nessa terra de só luta.

HORA CLARA

Poeta Thiago de Mello,
a minha palavra
junta-se à tua
na faina de anunciar:

se se faz escuro,
é hora de clarear.

A noite já vem longa
dos quartéis de assombro
pisando com seus coturnos
o sol dos homens.

Poetas soturnos,
operários da sombra,
apeai de vossos ontens:

incendiai a aurora
e enterrai o monstro!

O SAL DA FOME

O milagre dos pães
é remoto demais
para ser real:

sobre a mesa
o silêncio é farto

os olhos são fundos
os filhos são muitos

(o salário é mínimo!)

A fome
remove entranhas:

uma gota de sal
fere os olhos do pai.

CONTRAMARCHA

O meu povo
tem os olhos secos
e a boca amarga.

O meu povo
tem a esperança rota
e parda.

O meu povo
marcha sob um compasso
áspero.

O meu povo
tem os ombros puídos
sob o fardo.

Mas o povo
sempre se redime:

pode estourar
a qualquer hora
a lenta manada.

LATIFÚNDIO

Há tanto chão
im-plantado
em mãos avaras
(fechadas por farpas)

Tanto cerrado
esquecido
de semente,
inanimado.

Terras tantas terras
em cerradas escrituras:

– fecundos hectares de fome.

ONDE HÁ FOME

Onde a fome
alastra seu corpo
seco

de silêncio e servidão,

ali engrossar os braços
ampliar as mãos.

Onde a fome
não perdeu seu chão
bruto

ali sanar as ervas
derrotar as pragas
cultivar a terra
atirar o grão.

Onde a fome
tem seu patrão,

ali dilacerar o peito
e tomar o eito
de tal ambição;

ali, dividir a terra:
multiplicar o pão.

POEMA

O homem
que madruga
(tem uma estrela por guia)

lança no escuro
uma semente de luz
e vai colher o seu dia.

ACIDENTE

Amanhece:
o dia é um girassol
de luz.

Amanhece
e as mãos se abrem
em floração,

a vida circula
por todas as vias.

Uma máquina em fúria
perde os freios
fere o ritmo do dia.

O MURO

Amanhecemos em filas:
os portões do nosso dia
estão cerrados.

Os muros crescem, crescem.
Crescem contra nossa rua,
crescem contra nosso sol.

A sombra noturna
invade nosso dia,
pegajosa nos olhos,
penetrando os poros.

Estamos escuros
por dentro
          sem presente
de fora do muro.

Nada alcançamos
nosso braço não pode garras;
nosso silêncio: uma rosa
que se prega em nós mesmos:
– há um rumor de espinhos na carne!

Nossa esperança:
– um coágulo
                    verde ou vermelho
                              contra o MURO?

NOSOTROS

Sobre
nosotros
neutros
pobres
e pretos

é que pesam
os antibrinquedos
do antagônico pacto
de paz
que fez o demônio
bélico
com o outro lado
de si mesmo.

A sorte
triste
e tensa

pende de dois
dedos em riste

sobre nossas cabeças.

ARCABOUÇO

O que se desenha
no ar
sobre nossas
cabeças
não é nuvem
espessa
do dilúvio,

mas a nuvem
esparsa
dos átomos
ensandecidos.

O que nos ameaça

não é a matéria
pura,
sinal da fúria
de Deus,

mas a criação
espúria
do Deusumano
Senhor
do medo
para deter o mundo
súdito
sob seus pés
sujos
de pisar
miséria
suor
sangue

e silêncio.

TEMPO NOVO

No fundo da água
cresce o lodo
como da alma
o engodo aparece.

A máscara
gasta
desfaz-se na face
áspera.

Os atos e palavras
que surraram,
estão surrados:
cheiram a mofo.

E o canto geral
eclode livre
                e novo

que o tempo
dos tiranos
é frágil
          e podre.

CAVALO MORTO

A um cavalo morto
não se enterra,
deixa-se que o velem
canções da tarde:

cigarras, moscas verdes
e grilos negros
quando anoitece.

A um cavalo morto
não se chora,
esquece-se.

Não se decompõe
um cavalo morto,

suas ventas cheiram o céu:

evapora-se o cavalo morto.

Não se contempla
por muito tempo
a escultura em nuvens
de um cavalo morto:

dissolve-se o cavalo
em galopes para além dos olhos.

O VELÓRIO

No centro da sala
reina o morto.

No ar parado e denso
recende o incenso
de velas e flores mortas
de raízes secas do choro.

Ninguém se move
ninguém se fala
em volta do morto
como se morta
estivesse toda a sala
solidária.

Súbito emerge da noite
um estranho vulto:

sem ligar-se aos vivos
frio e absorto
se acerca do morto
e lhe fala ao ouvido.

Serenamente
qual água bulida no fundo
vem subindo à face defunta
uma onda cínica de riso.

O outro se afasta
sem gesto, sem rasto,
sombra na treva.

O morto: recomposto
solenemente morto.

SAÍDA

Silenciosa e sorrateira
rondava a casa
nesse dia.

Era de uma fluidez
estranha,
de uma mansa alegria,

uma paz
que pousava
num ramo de sol,

uma rosa
que no ar
se diluía...

E foi tão de repente
tão sem sim nem não
que eu saí de mim

sem tempo
e sem palavras
para dizer aos que ficavam
como a chamaria:

Morte, Vida ou Poesia?

ALMA?

Que abismo
é a alma
que em seu chão
não toca
a pedra o corpo a lógica?

Que céu
tão de trevas
estrelas e silêncio?

Que água tão funda
que sua fonte
não se revela
ao homem no tempo no mundo?

INSÔNIA

1–
Passei-o louco
em mim:
olho avesso agudo
no fundo
labiríntimo

onde flutuam vagos
desenhos de barcos
nas vagas do ser;

divago ágrafo
náufrago
em mim.

2–
De repente
uma idéia pensa
uma palavra inflama
um verso vai ascender,

mas na noite desdensa
um vento de sono
apaga a cama

e Morf-eu
rema com o poema
ao amanhã-ser.

RETIRADA

Os pés
que me ditaram
encontros

rendem-se
inertes

ou se decompõem
em fugas

As mãos
que encenaram astros

descem o pano.

ÁGUAS DO TEMPO

O tempo
é um rio.

Ou o rio
é o homem
no tempo?

Ou o homem
é um tempo
no rio?

Ou o tempo
é um rio
no homem?

Ou o homem
é o rio
é o tempo?

NAVEGANÇAS

De teus lábios
– cais de porto –

parto navegando
teu corpo em ondas.

Invento
em teu ventre

outro barco
outro porto

outro tempo

em que
navegar é preciso.

HOMEM E MULHER

O homem
doma a dama?

A dama
é dona do homem?

No princípio
homem e mulher
criaturas
de mãos indecisas
de olhos vagos
saíram do barro
puras e assustadas

à procura de si
e do pecado.

DEUS

Deus é plural
e concorda comigo.

Deus:
plural de eu

eu: singular
d'eus.

Deus é
antes
                    princípio–meio–fim
e depois
                    de mim.

Deus é
a foz de nós

Mas
Deus não é
para mim
sem mim.

IDÉIA

Vem-me, às vezes,
a idéia
de que sou
antigo,

de que já existi
antes de mim
que estou aqui.

Sei a vida
e seu sabor
mas, SER,
não sei se sou.

Vem-me, enfim,
a idéia de ser eu
apenas uma idéia
de mim.

VISÃO

Da janela
eu me vejo
                    indo.

Vou em mim
e me espero:

eu
vindo
me vejo
          na janela.

NOME E NUME

O nome
se gasta no tempo
como o tempo
se gasta de ser tempo
como Deus
se gasta de ser um nome
de ser o nume do tempo.

EUSPELHO

O espelho
sempre me mostra
o meu novo eu

o eu menos novo
o eu menos meu
o eu menos Eu

o eu
       só-eu.

TEMPO

O tempo
é uma estrada longa e erma
uma velha estrada passando em si mesma.

DEVER

Devemos ser honestos:

viver
sem nos roubarmos
aos prazeres,

morrer
sem nada dever
à vida.

POEMAS DE

PEDRAS DE MINAS

(1989 –1994)

AMBOS

Outro dia
passando por mim

eu quase me reconheci

mas íamos
ambos apressados

um para o futuro
o outro para o passado.

TANTOS

Eu fui tantos
que a vida esqueceu
muitos de mim
em mins
                    que ainda sou eu.

BRIGA

Passei o dia
em desacordo
comigo.

Cansei-me
da briga:

vou dormir
acordado
comigo.

NADA

Nada fomos
nada seremos

só o pó
do que somos

e esses gomos
de venenos

que destilamos
por pouco nada
ou menos?

ESPELHINHO

Outro dia,
revolvendo antigos guardados
dei com um espelhinho de bolso:

olhei-o
e vi, face a face,
o sorriso embalsamado
de um moço.

OS INVERTIDOS

De tão introvertido
ele não se via
no espelho.

O outro
de tão extrovertido
não se via
do espelho.

SONHO

Eu sonho
um sonho medonho
um sonho enfadonho:

na sala do sono
eu leciono
para demônios.

O PRETERIDO

Eu brincava
                    comigo
do meu jeito

alguém chegou
e avacalhou
o brinquedo:

o tempo pretérito
        im
        per
        feito.

FAGULHAS

Vou incinerar este dia
com o fogo do crepúsculo

e depois
com sôfregos músculos
vou escavar sob as cinzas
um sonho
e outros aindas.

AMANHÃ

Amanhã
quando o dia estiver abrindo a porta
varrendo o pó das últimas estrelas
eu talvez ainda esteja dormindo
como um menino que não foi à escola.

CHUVARADA

Chove
sobre o meu telhado
e brotam musgos
nos músculos
dos meus sonhos
                              molhados.

LIDA

Ao Napoleão Valadares

Há muito tempo que eu lido comigo
feito quem vem tocando bois pela estrada

se seu me cansar de mim
quem levará até o fim
boiadeiro e boiada?

OS FIOS

Nascer
é desfiar
o umbigo

viver
é desafiar
o ambíguo

morrer
é cortar
os fios de si

e levá-los
consigo.

TERRA

A terra
não é minha

a terra
não é de ninguém

só é minha
a terra mínima
                    do além.

ALÉM

Por esta mesma terra
não voltas a passar

acabou-se a estrada

há uma estrela
sobre o mar:

nada
ou tens de voar.

MOMENTO

Estou só
comigo

fechado
impulsivo

como um livro.

O AMIGO

O menino,
brincando,

inventa o amigo
que precisa
e põe a mão de brisa
no ombro de sua sombra.

BIRRA

O menino
— birrento —

queria porque queria
tirar a casca fria
do vento.

ÀS VEZES

Às vezes
Acordo para rezar

Deus

é um menino
com frio.

DEUS ESTEJA NESTA CASA

A singela inscrição
Fé, certeza, certidão.

Deus é hóspede
                    dos pobres.

EVOLUÇÃO

Na meta
física

da criação

Deus
é só

O Zero,

silêncio
em ebulição.

Os homens
um-a-um
a evolução.

FIAT LUX

No princípio
um Raio fu(l)giu
do escuro do nada

e brilhou tudo
com a luz autocriada.

MEUS POEMAS

Meus poemas
são meus filhos

meio doidos
andarilhos

catando arco-íris
nos beirais das chuvas

meus poemas
são carroças de nuvens
para além

são fugas
fugas que me vêm.

O POEMA

O poema está no ar
com seu halo de poesia

que palavras hão de abatê-lo
sobre a página fria?

PEÇAS

O poema
é jogo de montar
a esmo:

o leitor, co-autor,
tem de buscar as peças
em si mesmo.

MANOEL DE BARROS

Manoel de Barros
Manoel de musgos
Manoel de visgos
Manoel de pássaros.

À QUINTANA

Uma estrela sozinha
no fim da madrugada

reflete a minha vida
tão pequenina
e lume e nada.

POETINHA

Vinícius de Moraes,
que falta nos fazes!

Como um pai
que viajou
para muito longe

e não escreve mais.

FAZENDEIRO DO AR

Venho armar minha tenda
nos subúrbios de tua fazenda.

Talvez demore um pouco
até eu plantar meu verso rouco

e colher, numa safra súbita,
algodão roxo.

JORGE DE LIMA

A poesia
tem melhor rima?

AJUSTE

No convés do tempo

quem puder
que se ajuste

para a busca de si

com os passos de Proust.

SAÍDA

Resolvi meu dilema:

antes do fim,
na hora extrema,
vou sair de mim
e viver num poema.

MOZART

Em matéria de música
em matéria de arte

não há dúvida:

Ama Deus (a) Mozart.

PALAVRAS

Palavras

palavrões

palavrinhas

suas putas

donas da noite:

minhas rainhas!

PARÁFRASE

Meu coração tem catedrais imensas
sustentadas por pontes de safenas.

CONTÁGIO

Desde menino
a poesia me contamina

feito caxumba varíola
sarampo lisonja
e vitamina;

para a poesia
não tem vacina.

AMOR

Amor
é mais que sentimento

é água arrombando
entranhas

é algo escorrendo
de dentro

amor é pólen
florando os ventres.

VISÃO

Passaste em minha porta
como uma lua soberana

e eu te segui
com meu olhar de varandas.

O QUE EU FAÇO

Para Fátima, minha mulher

Há quem diga
que amor não existe.

Mas se é assim,
o que eu faço destas flores?

E o que eu faço de ti
em mim?

A MARIA

Eu amaria a Maria
se a Maria me amoriasse
se a Maria me amariasse
se a Maria me amaciasse
com o fofo dos seus beijos
no duro da minha face
eu moraria com a Maria
se a Maria comigo se amasiasse
eu dormiria com a Maria
se a Maria me acordasse
eu me perderia com a Maria
se a Maria me achasse
eu pecaria com a Maria
se a Maria me perdoasse
Ah! eu comeria a Maria
se a Maria fosse alface.

Por Maria
eu faria uma romaria
iria a Roma com Maria
com Maria de amoR
eu voltaria...

Eu ficava em banho-maria
se a Maria me abraçasse
ah! eu seria uma calmaria
se a Maria não brigasse.

Eu me apoemaria
se a Maria me recitasse
ah! eu me amaria
se a Maria me amasse
e não me calaria
se o silêncio de Maria
a tanto não me obrigasse.

O AMOR

O amor,
de manhã cedo,
urina restos azedos
de sonhos e afagos.

Não basta
limpar os dentes
a gosma da língua
que o amor sempre míngua
suas sementes.

Não adianta
abrir as cortinas
para que entre o cio
de algum argumento
contra o amor morrente.

A alegria cria mofo
nos olhos de ontem,
mas o amor ascende
de suas próprias cinzas
de suas sobras e minas
úmidas e quentes.

O amor inclina o homem.

GOIABAS

Ó minha vizinha
de infância...

como é mesmo
que te chamavas?

– Quantas lembranças
ficaram em mim
murchadas –

mas sei ainda
a sombra das goiabeiras
onde brincávamos

e os beijos
que me davas
tinham o gosto rosa das goiabas.

A PRESA

O luar
da lua cheia
tece no ar
                sua teia
de luz.

A presa:
teu olhar
                azul.

OUTRO

Querida,

quem te amou
fui eu,

não sou eu.

NOSSO CASO

Nosso caso, amada,
teve seu preço:

a cama desarrumada
e os sonhos pelo avesso.

ÉDEN

O que Adão comeu
na manhã primeva
não foi maçã
nem uva

foi a ruiva vulva da Eva.

CASTIGO

Os pobres
devem-se aos ricos

os ricos
devem-se aos pobres

os ricos
não deviam morrer
ricos
deviam empobrecer.

PEÃO

O homem
que passa
me evita:

leva sonhos
além dos passos
do silêncio
e da marmita.

CENA

Hoje eu vi um menino
catando numa lata de lixo
um pedaço duro de pão.

Meu olhar úmido
de lata o meu coração

e a mão do pequeno
me revolvendo por dentro
me provocando a náusea
da fome e suas causas.

Tive ímpeto de avançar
sobre o serzinho rabugento
e arrancar-lhe dos dedos
aquele resto sujo da minha indignidade!

IDENTIDADE

Eu sei de alguém
que é o que tem:

ele é seus carros
seus apartamentos
suas apólices
seus dólares
seus investimentos.

Mas ele é sobretudo
de suas fazendas:

ego fundo e ermo
é de terra, muita terra,
que ele precisa mesmo

para preencher-se.

O QUE EU TENHO DE MINAS

O que eu tenho de Minas em mim
é esse sonho de subir montanhas
e garimpar estrelas.

O BERRO

Um boi
sabe quando vai ser morto:

berra longos berros
nos currais do matadouro.

Por isso é que se diz
que do boi só não se aproveita o berro.

Sim, que o berro
o boi não entrega ao homem:

O berro
          sai ecoando
                    no além-azul do campo.

OS BOIS AZUIS

Pela etérea palhada dos meus sonhos
os bois azuis repastam brisa e luar
e suas leves ancas tecem danças
entre as finas e brancas sedas do ar.

Os longos chifres luzem nos relumbres
do orvalho que se move devagar
e dos úmidos olhos vagam-lumes
para o alto, para o além, o algum lugar.

A efêmera manada então descansa
e nas palhas da noite se desmama
a rarefeita sede de sonhar.

Aos poucos a manhã azul se impõe
e encobre a aura, e luz, e espanta o sonho:
meus bois azuis refluem no luar.

FAZENDA

No fundo do quintal
corria um rego
de águas friinhas.

As galinhas bicavam
pedacinhos de águas
e agradeciam.

Os canarinhos
pintavam de amarelo
os verdes do terreiro,
pareciam árvores
bordadas de estrelas.

Eu tinha alegrias
e medos.

Um dia um beija-flor
bicou-me os dedos:

nasceu-me poesia
desde os cabelos.

CANTIGAS

As formigas
quando chega o estio
inventam cantigas
de ninar os rios.

OS GALOS

Os galos são tantos
e cantam de todos os lados

a madrugada levanta
o seu telhado de cantos.

ALENTO

O tempo também
tem seus carinhos

pinta de amarelo
o pardo dos canarinhos.

PANO

São tecidos
de frio e luz
os fios azuis
da madrugada.

LUAR

A lua,
borracha de luz,

vai apagando devagarinho
o escuro dos caminhos.

BRISA

Dia de sol
e de frio

uma sombra
vai molhando o rio.

ANJO DA TARDE

Dia agonal
desce o anjo da tarde
no ocaso dos sinos

e borda sonhos
nas bordas das fronhas

sonhos bons, sonhos lindos,
para quando dormirem os meninos.

ARCO-ÍRIS

O arco-íris
cruza toda a tarde

por ele vão passando anjos
para os confins da eternidade.

OURO PRETO

Para o Teófilo

Ouro Preto
cidade fantasma
sob neblinas:

na manhã assustada
de Minas
um vulto arrasta correntes
do passado
                    para o presente,

um bêbado atravessando sozinho
a Praça Tiradentes.

MINAS

Ilusões encimam montanhas de Minas
emoções ensinam entranhas de Minas
Minas tem coração de pedras
mas rios medram: artérias de Minas.

MIRAGEM

Um horizonte de chuvas
frias e finas
derrete ao longe
montanhas de Minas,

LUNAR

A cidadezinha
encostada no rio

dorme devagar

branca de frio
e de luar.

MUSEU

Nesta cidade
tudo está parado,

só as ruas andam
para o passado.

O BATEADOR

Juntava pedras
com orgulho

e nos seus olhos
brilhavam sonhos:

meros pedregulhos.

O SAPO

O sapo
bom de papo
coaxava coagia:

Jilda,
minha jia,
eu te guio
te levo pro rio
te cubro do frio
te dou um inseto,

Jilda,
eu te completo.

O sapo
            só
falava,
não agia;

Jilda só disse,
rouca de meiguice:

   – sapo,
   eu te capo!

ARRAIAIS

Há muita coisa
que não existe mais.

Mas
a panela de ferro
o pote de barro
a honra da família
acanhadas meninas
namorando à sombra
das capelas
as tristes sinas
o canarinho amarelo

existe tudo isso
feito chouriço
nos arraiais de Minas.

PEDRAS

As palavras
que te deixo
são pedras estranhas
molhadas de neblinas
são seixos rolados
das montanhas de Minas.

POEMAS DE

DECANTAÇÃO

Livro Inédito

(1995 –2002)

A VIDA (I)

A vida
é o que não demora:

intento
que se inventa
e aflora
e esplende
e explode
uma gota

de vinho
e sonho
na boca
fulva da hora;

a vida
é o uivo o eco
a uva
o fluido lastro
que se amassa,

o úmido mosto
de que se destila
o ávido gosto
do agora;

a vida é o que
se degusta e vigora
e de tanto gosto
se assusta
e se devora.

II

A vida:
o que se opõe
ao que se impõe

e o que depõe
o imposto de si;

a vida
não é dívida
nem penhora;

a vida
se paga
pagã,
agora?

III

A vida:
o que perdura
mais que o aço,
o ouro, o cobre,
que gasta o pó
da usura.

A vida
é dos que pensam
dos que gostam
dos que passam
pendurados,

perdurados
nos fios da ternura.

IV

A vida
não é o porto
mas miragem

A vida
não é (só) o outro
mas a viagem.

V

A vida:
o que se move
e o que demove
os abjetos da
                    essência.

A vida:
o que envolve

e o que devolve
o objeto do ser
ao seu silêncio.

VI

A vida

não cabe
no corpo
que, oco,
se cala;

a vida
transcende
exala;

acata
        o silêncio

o morto
                        da sala.

VII

A vida
ultrapassa o corpo

como o vôo
passa o aro
da asa ferida

que tomba
sob a sombra
do próprio vôo
                        livre.

VIII

Ela passa sempre
em minha porta...

a vida,
essa mesmice,
tocando as notas
da superfície.

IX

A vida,
criada soberba,

recolhe da mesa
as sobras de si

em si mesma.

X

A vida
tem pedaços de mim
que eu não conheço

tem dias avulsos
e noites em que durmo
do avesso
dentro do sonho
um menino
me desenha

e amanheço.

VÔO

Vou voar-me:
asas para tanto!

Sou-me leve
lívido imenso

(concha de canto
 e silêncio)

o azul de Deus
 infinito

me pertenço.

O SONHO

Sonhei com a morte:

vi fecharem-me
o ataúde;

fiquei quieto
onde pude

sob o peso
do pó e da cruz,

até que uma voz
me chamou do escuro

e acendeu a luz.

OS VIVOS

Na sala
o silêncio
do morto

intercala
e aviva

o silêncio
dos outros
vivos.

VISITA

Às vezes
uma aragem fria
lambe as paredes
embaça as fotografias;

onda lilás
de seda sombria
que passeia pela casa
resvala nossa face
e segue adiante:

visita esquiva
e insinuante,

tão íntima
e não a deciframos.

CAVALOS

Cavalos selvagens
galopam no ar
de frias paragens:

a brida solta
venta ao luar,

ressoa nos astros
o eco dos cascos,

priscam seus halos
os terríveis cavalos.

VIVO, RELATIVO

A cada instante,
aguardo a morte

e leio-a, assim,
em cada minuto

que cai de mim
no tempo absoluto;

a cada instante,
eu guardo a morte,

pois vivo,
por enquanto,
relativo.

ESSE OLHO

A insônia a insânia
a insossa hora
destempera as têmporas,
estampa a súbita, infame
sombra que se entremostra...

e esse fantasma
que se desprende do marasmo
e esse olho que emerge do futuro
me espiando do escuro
imóvel.

ESPERA

Eu venho devagar,
passando o passado
pelo presente...

mas uma idéia
me apressa de repente:
é que eu deixei a morte
me esperando ali na frente.

MITOS

Sísifo e Narciso
carrego pedras
para edificar
diante dos espelhos
meus próprios tombos

e não sei se porque quero
ou se porque preciso

levo para o alto
um deus indeciso

nos machucados ombros.

SOLIDÃO

Eu procuro
a solidão,
ave arisca
sem árvore
para o ninho.

Eu procuro
a solidão,
uma viúva
sem o corpo
do carinho.

Eu procuro
a solidão:
um jeito de ser
sozinho,
em vão.

O AVARO

Eu sei que tudo em mim é pouco
e me falta menos ainda,
até se me contenta o louco
em dizer-se com pouca tinta.

É, tudo em mim é mesmo pouco;
até o amor — que às vezes sinta —
logo se seca como um coco
ao sol, que tudo estala e trinca.

Do pouco que tenho se doa
a semente, e sempre prospera
água limpa, que nunca finda.

Em mim tudo é pouco, devera:
pouca é a verdade que soa,
embora muito pouco eu minta.

CORPO

Um sol ardente espeta o meio-dia
com as sete pontas de suas esporas
e faz galopar as próximas horas
para o fim dessa tarde que se esfria.
O tempo às vezes anda por atalhos
com suas cargas sobre nossos ombros
que suportam certezas e assombros,
levando à noite só o sal dos trabalhos.
A tarde vai descendo no horizonte,
envelhecendo as feições desse dia
que passa por estradas, rios, pontes
por onde o corpo vai buscando sombras:
cavalo da alma que mal se entedia
se vai pastar descanso só nos sonhos.

HÁ COISAS

Há coisas que a vida ensina a esquecer
para que não fiquem doendo as retinas
cansadas de esperar para rever
imagens que nos chegam pequeninas:
o galo cantando ao amanhecer,
o gado manso pastando as campinas,
o pai galopando ao entardecer,
a mãe rezando à luz das lamparinas.
Para que não fiquem doendo as retinas
há coisas que a vida manda esquecer:
mangas maduras lá nas verdes grimpas
olhos d'água que pegam a correr
numa dessas manhãs de chuvas finas
em que o menino quer adoecer.

NÚMEROS

Disse Pitágoras:

Dez é um número perfeito:
a soma dos quatro
primeiros algarismos
que contém os outros, após.

Eu digo, e repito:
Dez é Deus:
a soma dos homens,
e até nove somos nós
agarrados aos cipós
do mero abismo.

Mas Dez é Um
número bonito:
o um é tangente do zero
e nós, pingentes do etéreo,
vamos para o infinito

ou caímos no inferno?

NÓS

A cada dia
vou sumindo de mim

assumindo um outro
aprendendo-me outro,

que agora
demoro pouco
em mim.

Amadas, amigos,
meninos que brincaram
comigo,

vamos, novos e antigos,
solidários e sós,
para o mesmo fim:

a cada dia
vou soltando os nós
de mim.

O IN-ESPERADO

Cheguei agora
para o inesperado
cheguei inesperado
para o agora.

O agora me esperou
inesperado
e o inesperado
me esperou até agora.

Agora que cheguei
o inesperado agorou-se
e o agora ficou desesperado.

ELE

Ele bebia muito
como eu.

Ele vivia muito
e morreu.

Agora,
diante do corpo,
não sinto pena
nem asco:

mas penso:
aí vai mais um
devolver o casco.

EUS

Dos eus
que me habitam
um há que me intriga:

hipócrita, mesquinho.

Mas qualquer dia,
quando estiver dormindo,
eu saio devagarinho,
apago a luz, bato a porta
e o deixo, para sempre,
sozinho.

AVÓS

De tudo o que fomos
sempre restará um pouco
talvez o pó do tempo
nos ombros
talvez estrias nos espelhos
talvez musgos nos pomos
talvez febre nos cabelos.

Os que seremos
sempre voltarão a nós
como serenos avós
dos antigos e pequenos
meninos que fomos.

SOU

Enquanto penso
enquanto pulso
sou um pequeno
Deus avulso.

A CHUVA

A chuva no telhado
acorda em mim
um menino dormindo
numa manhã de feriado
ou de domingo.

PUNHAIS ÍNTIMOS

Em quantas coisas
gastamos a vida:

na busca da riqueza,
na ambição desmedida,

na gula, na avareza,
nas vãs palavras, nas brigas,

nas vaidades, na incerteza,
nos ciúmes, nas intrigas;

com quantos punhais íntimos
nos ferimos...

e somos tão fortes
que nem sentimos

as tantas pequenas mortes
em que vamos perdendo a vida.

VELHO ESPELHO

Este velho espelho
– com rugas na superfície –

guarda de mim
mais que as novas faces
(as da velhice)
as velhas imagens
(as da mocidade
e as da meninice).

Arquivo reflexo
dos que fui me despindo

em suas ondas côncavas
esse espelho me detém
em si – impresso –
desde quando
                    pequenino
fui procurar no seu verso

o meu outro menino.

PROCURA

Procurando o meu destino
não sei achar-me agora,
nem os rumos do menino
que ao pé do pé de amora
ficou doce e pequenino.

PASSAGEM

O menino
passa correndo
à minha porta

meu olhar acompanha
mas não alcança

a idéia fugaz...

o homem
correndo atrás
do rapaz
já se cansa...

e o menino
vai longe demais.

NA ESTAÇÃO

Lá vem o trem - lá vem o trem - lá vem o trem - vem e passa - vem e passa
vem e passa - vai passando - vai passando - vai passando - vai sumindo - vai
sumindo - vai sumindo - sumiu - sumiu - sumiu - iu - iu - iu

TREM FANTASMA

O trem parte ao meio o silêncio da tarde
na pracinha da velha e calma cidade.

O trem passa e deixa um rasto de fumaça
desenhado no azul do mormaço.

O trem vai subindo ao longe o topo da serra
e vai entrando no túnel da lua que vem saindo

O trem sumindo–sumindo–sumindo
vai carregado de almas para o céu.

AVENIDA LIBERDADE

(Na minha cidade
há uma avenida
que se chamava
liberdade)

Artéria
por onde circula
o sangue da cidade,
essa avenida realça
a vida que por ela passa:

meninos brincando
nas suas largas praças,
donzelas colegiais,
devotas beatas
que vão à missa,
na igreja matriz,
mulheres fiéis
e submissas,
o namorado feliz
fazendo serenata.

Suas estátuas contam
procissões e passeatas,
comícios e posses,
desfiles e quermesses,
casamentos e batizados,
folias e novenas.

Velhos de bengalas
em curtos passos
demorando a tarde,
sombras lentas
que se ausentaram.

A torre alta
da igreja branca
deságua na hora santa
sinos, cantos e preces
que correm no vento,
no tempo que envelhece
janelas e alpendres.

Avenida passarela:
passar por ela
é desfilar-se
e deixá-la
espaçada,
é abrir alas
para que outros
venham e passem.

A avenida é livre
caminho do por-vir
e mesmo que lhe mudem
o Nome,
e lhe apaguem
antigos rastos,
ela permanece
como uma janela

que sempre amanhece
quarada de luar,
estendida ao sol,
lavada de claridade.

Os homens passam,
mas a avenida segue
atravessando idades
com seus rumos largos
de liberdade.

CASAS

As casas antigas
têm um ar triste,
cansado

de quem
está morando
no passado.

MORMAÇO

A tarde quase dorme
sob o mormaço...
tudo pede descanso,
tudo vai devagar,
até o rio pára
num remanso
para descansar.

A ÁGUA

A água
é pura
metáfora

fonte
de que se refaz
a foz.

A água
inventa
pontes.

A ÁGUA E O VENTO

A água
e o vento
não têm sombra
nem forma

vão no tempo
sem norma

reinventando-se

efêmera infância
que se desdobra.

A PONTE

A ponte
– barco elevado
no ar

para o rio correr
e a estrada passar;

a ponte
suas águas suas brisas
seus vãos suas vigas
suas saídas suas chegadas
as margens de mãos dadas

a ponte
seus arcos – suas asas.

JARDIM DE PEDRAS

Fiz um jardim de pedras
e feri meus dedos
em espinhos ásperos
de insólitas esperas.

O sangue vingou:
musgo de primaveras,

as pedras floriram
e cresceram as heras.

NINHO DAS ÁGUAS

(Chapada dos Veadeiros, Goiás)

Para o Dalla

Caminho pelos campos
colhendo lumes e limos

da aragem banhada de verdes
e de aleluias azuis em minas

nascidas do fundo das pedras
e correndo entre cascalhos finos

bebo na concha das mãos
águas azulejadas de sedes

na transparência cristalina
nadam ondinas e peixes

os devas molham pincéis
num arco-íris mirim

para tingir flores e seixos
à beira dos caminhos

o vento semeia aromas
o silêncio cisma nos ninhos

meus passos ecoam longes
revoam pássaros de mim.

PARA ONDE VOAM OS PASSARINHOS

Andando nas matas
nos quintais
ou nas fazendas

vemos os passarinhos
flutuando no alto
sonoros e serenos.

O que nunca vemos
é passarinho morrendo
(de morte livre, ao menos).

Nunca vemos
fechar-se um vôo
e o corpinho desalar-se
sobre o duro terreno.

Mas, se não são perenes,
e se não caem secos
de canto e de penas
sobre o pó que sabemos,

como é que se ex-alam
esses bichinhos a-menos?

Será que se decantam
de tanto canto
e se embalsamam no ar?

Ou será ainda
que para eles
morrer é um voar
que nunca finda?

Ou será que a alma
dos passarinhos
leva os leves corpinhos
para o alto mais alto
que não vemos?

Talvez não exista mesmo
no mundo elevado dos passarinhos
a gravidade rasteira da morte,

por isso nunca os vemos
tombar sobre o nosso chão
e jamais sabemos:

para onde voam os passarinhos
depois que vivem?

AURA

Para o Viriato Gaspar

Um passarinho pousou no vento,
mansinho, como se dormisse,
como se cantasse em silêncio,
flutuando no galho leve do instante.

Depois abriu-se num vôo lindo,
longo e lento, e sobre o campo distante
foi levando sua aura de luz azul lunar.

E como um anjinho refluindo
dissolveu-se longe, no ar.

FAZENDA MIRAGEM

Para a Nicinha

Nos intervalos
dos grilos e dos galos
aqui se pode ouvir
o sono macio dos pássaros
e o luar caindo dos galhos.

CABALLITOS

Caballitos blancos
pascen cerca
de mi sueño.

En sus crinas
en sus flancos
niños pobres
pasan las manos

Yo no comprendo,
en mi sueño,
el sino de no ser pobre
como los otros niños.

RIOS

Rios limpos
de minha infância

rios lindos, rios verdes...

Que meninos andam em mim
mortos de sede!

TECIDO

De que tecido
é feito o silêncio?

A solidão é seu tear.

Mas é tão frágil
tão tênue, tão ralo,

que até uma simples idéia
se põe a rasgá-lo.

DECANTAÇÃO

"Viver é perigoso."

Morrer á arriscado!

Destila-se
essência da Rosa
poesia da prosa.

A vida plasma em luz
os pós do nada.

O poeta não morre,
vai decantado

POETA

Poeta não é quem
escreve bem arrumado

feito quem veste o poema
de terno e bravatas,

nem é quem
arranja belezinhas
de nadas.

Poeta
é quem dá susto
nas palavras.

O PESCADOR

Escrever poemas
é como pescar:

o bom pescador,
às vezes fisga um
grande, belo, feroz,

que luta para ficar
nas águas fundas
do silêncio, sem nós,

mas que, após,
brilha sua morte
no seco, ao sol.

(É mais de se pegar
dos médios, pequenos,
conforme a sorte
ou o azar.)

Outra hora, no entanto,
vem algum mais arisco
e, apenas belisca o anzol,

sente logo o risco
e, fugindo, finge-se
nada
no leito azul do ar.

POIESIS

Passem ao largo
os críticos
os acadêmicos
os abstêmios...

A esses
não lhes digo nada.

Venham comigo
os boêmios
os mendigos
os amigos
os amantes
da madrugada.

Come chocolates pequena
que metafísica também envenena.

Ovo choco não pia
cachorro doido não late.

Depois, ser poeta
não importa tanto assim

poiesis,
às vezes rima
com fezes

carpie diem
não sei grego
nem latim
e até sei bem
pouco de mim

a vida, a poesia
são ilusões de ótica
e eu só não quero
é morrer de tédio
nem de vodka.

Antes,
malverso a verve
e me desconverso
em versos desconexos:

o poema é infenso
em seu descalabro,

vencido de silêncio
eu me despalavro.

DESTEXTO

A palavra
destilada do silêncio:

incenso
da fala
que recende
e se cala
efêmera

como-vida

quase poema.

AS PALAVRAS

As palavras
voaram
secaram
no ar denso
dos céus

caíram
pesadas
pasmadas

no silêncio
invertebrado
de Deus.

POESIA

Poesia
é quando,
de repente,

leve e louca,
a alma tira a roupa
diante da mente.

PALARVAS

Deito-me,
a paz sonha comigo.

Eis, no entanto,
uma muriçoca me azucrina,
a insônia se ilumina.

Acordo a luz,
apago a muriçoca
entre os dedos,
a insônia insiste,
existe em mim a insônia,
povoada de medos.

Uma idéia me ronda,
mais idéias se unem, zunem, zunem

palavras, palavras, lavras, vras, as, s, s, s...
larvas, as idéias comendo a carne do meu sono.

CICLOS

Se as noites
com os sonhos
me embalam
em sua rede etérea,

eu ando,
na realidade movediça
dos dias amarelos,
com minhas sombras
sóbrias, sombrias.

Mas volto à tarde da rua
com um embrulho de pão
e alguma poesia sob o braço.

Com restos aéreos de mim
eu me refaço:
vento, luo, vôo
sobre o mormaço.

Acordo-me
com o dia que me dá corda
para armar um novo sonho.

Tudo é simples e fácil,
como correr o sangue
e as emoções ocultas
do coração para a face.

Difícil
é andar sobre as águas
sem o milagre das palavras.

À CATA DO VERSO

Eu ando à cata de um verso
no chão áspero do cotidiano
e espero desde não sei quando
que me venha um anjo perverso
dizer-me algum impropério
que queira ser canção.

Que me venha um poema
que nem faça sentido...
mas que seja poema, enfim,
mesmo sem nexo,
um poema chinfrim,
combalido,
feito um cego pedindo
uma moeda do belo
ou um mendigo do amor
desejando uma sobra de sexo.

MUSA

Essa mulher
deitou-se em meu poema

com sua aura de deusa
e seu corpo de fêmea

e foi possuída
por palavras hirtas
e metáforas tensas.

E sujeitou-se
à minha pena

a musa indefesa.

INSPIRAÇÃO

Um anjo
me assalta
em pleno dia:

– mãos para o alto!

E me passa a poesia.

PROCURA-SE

Procura-se um poeta
numa noite qualquer
nos braços de uma mulher

entre amigos
nas mesas de bares
nas páginas de livros
em todos os lugares.

Procura-se um poeta
que se perdeu
atrás de uma rima
de uma obra-prima
que não se deu...

Procura-se, enfim,
um poeta
que fui eu
dentro de mim.

ESSÊNCIAS

Querem meus olhos
nesta noite de inverno
longa densa e fria
os favos mais ternos
de uma leve poesia

néctar de estrelas
pingando no escuro
refaz o silêncio
em paz e luz

soa em meus dedos
o roçar de pétalas
em páginas finas
de almas mulheres

contenta-me apenas
colher essências e resinas
que escorrem dos poemas
de Cecília Meireles.

O DESENHISTA

para o Vinícius, meu filho.

Desenha ao longe
uma cidade
e no fundo
um menino

depois
desenha aqui,
junto de ti,
um deus,
com arte:

o menino vem vindo
de ti, em ti,
para procurar-te.

COMUM DEUS

Como um deus que dorme
eu me aceito e me acato
e me deleito e me dilato
como um deus disforme.

Como um deus que acorda
eu me rejeito e me deflagro
e, contrafeito, me desacabo
como um deus que engorda.

Como um deus que nasce
eu me empreito e me lavro
e me ajeito e me consagro
como um deus sabe-se.

Como um deus que cresce
eu me enfeito e me propalo
e me igrejo e me ensalo
como um deus merece.

como um deus de porre
eu me ensejo e me ensaio
depois me pejo e me es-vaio
como um deus que morre.

A FOME DE DEUS

A faca
que sangra

a faca
que descarna

a faca de Deus
é o tempo

mas a carne
Deus salga

Deus come mesmo
ainda fresca, sangrando,
é a alma.

SÓ

Só Deus é perfeito.
Só, Deus é imperfeito.

FÁBULA

Menina,

teus olhos distantes e verdes
nas faces rubras...

que importa
se me fogem aos flertes

a raposa também
tem os olhos doces

de tanto namorar
as uvas.

ROÇAS

Eu não quero nada
que não possa,
senão duas roças
– pequenas –

uma, de namoradas,

e outra, de poemas.

CLARA

Oh! como em mim eu quisera
apanhar uvas na vinha
madura de tua espera
para o vinho de tua vinda!

E quando enfim tu viesses,
a boca ávida de sedes,
os olhos tenros de messes,
plenos de sonhos e flertes,

talvez nem mesmo eu soubesse
que a noite seria Clara
em finos lençóis de lua.

Oh! a beleza se veste,
se penteia e se prepara
para se dar toda nua!

DECLARAÇÃO

Como quem adivinha
os frutos do porvir
e no aroma da vinha
que ainda está a florir
sabe o sabor das uvas,

como quem sente
no corpo mãos de chuvas
que ainda estão por cair

sei do filho que esperas,
filho do amor que primavera
aqui dentro de mim.

CONTRASTE

Hoje revi um amor
que há muito perdi

e que julgava morto

mas passou por mim
todo em si
sereno, absorto,

como se ainda fosse vivo,

como se eu estivesse morto.

VIGAS

Com hastes
e cavidades

o amor

constrói vigas
para a eternidade

QUADRO

As coisas mais singelas
é que me encantam:

uma casinha branca
suspensa no silêncio
manso do campo

e uma moça tímida e bela
passando o tempo, da janela.

AMAR-TE

Amar-te
é a melhor maneira
de amar-me
e de nos desarmarmos,
pois amando-te
mato em mim
meu amor por ti
e em ti
teu amor por mim.

depois do amor
dormimos em paz

como se não nos conhecêssemos

serenos, suaves,
como o sono dos pêssegos.

O MEDO

O medo maior
foi o de quem
surgiu primeiro

só e inteiro
sem sol sem sombra;

o medo de Si:
o tudo e o nada
sobre os ombros.

O medo menor
se criou depois,
feito homem,
dividido em dois:

o medo do pecado
o medo do prazer

o medo encantado
de amar e de viver.

MUDANÇA

A minha casa
muda todo dia
e eu indago
com tacto frio
o mapa o barro
o saibro da liturgia

e vago vesgo
no visgo-musgo
da concha
onde me escondo
me escavo
e me apronto

tiro o cisco
(o) susto do olho
o sonho
que me afronta
nas bordas da fronha

e solto as asas
que me fremem
em fibras dos flancos.

UM BOI

Um boi adernado
na solidão do pasto
é vasto é vasto.

Ruminando brisa
fitando o espaço
um boi só no campo
é amplo é amplo.

Um boi sob o luar
envolvido de silêncio
é imenso é imenso.

Quase sonha
quase pensa
o boi a ressonar:

adensa-se o tempo
em seu olhar.

TEMPORAL

Vem do silêncio
um galope distante.

Um vento afoito
estala no ar
o chicote de relâmpagos,

chama à frente
o trovão do berrante:

mil bois
com os cascos molhados

atravessam a noite

pisando os telhados.

CAMINHADA

para o Jorge Ferreira

Era madrugada
e Deus dormia.

Havia lua no céu...

Ao longo da estrada
o silêncio chovia.

Pingava luz
do meu chapéu.

AGORA

Agora,
não preciso
dizer nada

só
ir pela rua
que flutua
na madrugada

e tocar
o tambor da lua

dependurada.

POEMAS DE

ESCAVAÇÕES NO TEMPO

(1970 –1974)

MENÇÃO ESPECIAL
no concurso "Fernando Chinaglia II
União Brasileira de Escritores - UBE
Rio de Janeiro, 1972, para livros inéditos

(IN)CERTA MÃO

Que força
        oculta
possui (in)certa
                mão

para reter
        o mundo
como um botão
(de flor ou de terror)?

Que mão
            tão vasta
é essa
            capaz de re-
unir os homens
            à v' espera
do pânico?

Que poder
            de super-ação
possui tal mão
para destruir
o que se construiu
com 2.000 anos de mãos?

Que mão
            tão forte
é o suporte
            da explosão?

DEUS FORTE

"Armai-vos uns
contra os outros."

1–
Hoje ensina-se
que não há Deus,
há o Dólar
e sua criação.

As máquinas
— apóstolos fiéis —
pregam a doutrina
do Lucro
que o homem segue
com toda devoção.

2–
O Vietnam
é a salvação
das armas.

3–
Hoje,
pretos e pobres
em matilha
disputam o osso
que sobrou
da compaixão.

SÉCULO Xx

O século Xx
aparta os homens
em MAIORES
e menores

os menores
lançam a semente

OS MAIORES
ALCANÇAM O FRUTO

OS MAIORES
SUBPLANTAM
os menores

os menores,
as raízes.

VIETNAM

1–
No Vietnam
não é o galo
que anuncia
a manhã.

No Vietnam
o dia explode
e sangra
no corpo
do homem.

2–
Com um resto
de trevas nos olhos
o homem   avança
mãos eficazes   de alvos
disparam.

3–
A fome rói
os estômagos
com a gula
de mil (p)ratos.

Em cada peito
pulsante
uma bomba ódio-ativa

Em cada corpo vazio
um desejo subterrâneo.

O CÂNCER E A GUERRA

A guerra
e o câncer
sempre a ânsia
de matar

O câncer
e a guerra
sempre trans-
feridas no corpo
e no mapa.

A guerra
e o câncer
sempre o corpo
na luta
a luta no corpo.

No corpo
como na terra
onde encontrar
o vírus motivo
do câncer da guerra?

O câncer
e a guerra
sempre

na +o corpo e r r a

POEMA

Não o estrondo
da bomba

sim
o grito
de suas vítimas

rasga o silêncio
de todos nós.

O GATO

De olhos acesos
o gato persegue o rato
e calcula o salto

o gato   o rato

cada um com seu ato

o gato com o g da gula

o rato apenas rói

O gato   o rato

o pulo ex(-r)ato

o gato mastiga o rato
que já não o intriga
mas o integra

o gato agora
caminha lento
e

grato.

PÁSSARO-ALVO

Na rota reta

a seta o pássaro

é alvo

em que salta

se há desvio
no trajeto
ou no envio
do objeto

o pássaro alvo
(atrai um S)
voa livre
e Salvo.

A ARANHA

A aranha
não se acanha
arranha o ar
e sobe.

Enquanto sobe
(sus)pensa no fio
enquanto desce
tece.

Remove o vago
sobe e desce
c a u t e l o s a
nesse ofício:

lançar sobre
            o nada
fios de seda
e sonho.

A PEDRA

A pedra
em sua dimensão
de pó
vara séculos:
ida-de pedra.

A pedra
É-po-cas
em liames.

A pedra
Uni-verso
versuni-
fica paisagem.

A
p e
d r a
constru
i n d o
a l i c e r c e s

A pedra
impenetrabil
idade reflet indo
gerações.

A pedra
slêncio maciço
(a)guarda a história
dos tempos.

ARCO-ÍRIS

Abraço
o espaço

se

em (b) arco-íris

pesco
horizontes
molhados.

A CHUVA

Favo pardo
explode-se: tro
vão cair
cristais líquidos
picotando a noite

o vento rosna
espera nas folhas

o mormaço
se liquidi-
fica branco
em quedas

nos telhados
uma canção verde
fertiliza os sonhos.

LOCOMOTIVA

Na estação
O trem chocalha
— cobra de ferro,
objeto réptil —

prepara o bote
do transporte

atiça-se o fogo
fumaça é peçonha

o apito pica
o tempo de quem
vai ou fica

da estação
move-se ativa

a lo loco locomo locomoti locomotiva

na estação
a hora é morta.

LAVRADOR

Tua lida
é a vida
desse chão.

Retalhas
a terra
semeias
o grão.

Lavrador,
o sal do pão
que mastigo
é o suor de tua mão.

Teu gesto
arvorece
e frutifica.

A aurora burguesa
que se colhe na mesa
tu a plantaste
outrora no sertão.

Lavrador,
o doutor te esquece
mas a cidade cresce
à sombra de tua mão.

O COVEIRO

Cava
a cova:
fúnebre alcova.

Isento ao ato
cava o soluço
e o discurso.

Enterrar
é uma fusão:

a terra cerzida
petrifica os olhos.

O coveiro
alheia-mente
cava na cova
o seu sustento.

O MENDIGO

Estréia sua dor
de dormir no col-
chão da rua.

Acorda acorda
acorda acorda acorda
acorda acorda

A corda do sol
puxa-lhe a miséria
das mãos.

Ele acorda
com os olhos nevados
de espanto

e se vê na vida
como num espelho
embaçado.

Cospe a fome na cara do dia
e caminha com a boca na mão.

FACE E DESFACE

Entre o retrato
e o espelho
é que o tempo
se pauta.

Do retrato
ao espelho
confere-se
a deforma.

Do retrato
sabe-se
o papel absorve
conserva
o disfarce.

No espelho
nota-se:
o vidro corta
a farsa:

desface.

MOINHO DO TEMPO

O relógio
– mó do tempo –
mói os momentos...
mói mói mói
e a vida vai sendo moída
vai sendo mó-vida
(farelo esparso pelo vento).

O homem é operário
desse trabalho diário
de moer seu próprio tempo:

o que hoje se colhe
a mó do amanhã mói.

O homem
nessa lida moedeira
nessa vida moedora
vai ficando
                    só.

O homem:
só um pouco
                    de pó;

a-pós:
um nome
que o tempo continua
                              a moer.

O POETA E SEU CANTO

No ninho de silêncio
o canto bica-lhe o peito
para nascer.

Ganha na(s) pena(s)
forma e cor,

cria asas
para vôos
de versos.

O poeta:
— esta casca part
                                ida

enquanto o poema:

— pássaro

                na manhã de todos.

NECESSIDADE DE CANTO

Vasculho o tempo
à cata de canto.

Se as horas vazias
são pautas em branco
não é o silêncio
a falta de canto.

Nem é vazia
a hora em silêncio.

É o barulho
vazio de (en)canto,
entulho de encontros.

Uma época de estrondos
espanca meu canto.

CACTO

Existo em pose
de cacto urbano
removo cacos
no vasto do tempo.

Meus pés
fundaram raízes
em chão de repouso

onde sustento
minha estatura
vegetalizada.

Sou po-dado
aos poucos.

Meu corpo:
um caule suando
esforço de frutos.

ALGEMAS

A poesia
me exila
me exala
e me fervilha

me grita no espaço
me crepita no chão

sou folhas do sim
sou bolhas do não

sou gume no aço
sou canto na mão.

A mão
mais mágica
que trágica
me recolhe
e relata:

o poema
como algema
me prende
ao infinito
e a mim.

A HORA E A MÃO

A hora
em minha mão
palpita
por se fazer.

A minha mão
dentro da hora
o que fez?

uma rosa
ou um punhal?

UM POEMA DE CIRCUNSTÂNCIA

O poema a seguir (Pregão) foi feito por ocasião da privatização da Usiminas, em 1990. Publicado em diversos jornais de circulação nacional, lido numa reunião de políticos na Assembléia Legislativa de Minas Gerais, foi depois incluído no livro didático de Geografia - Espaço em Construção, de Luci Imaculada de Oliveira, et al., Belo Horizonte: Editora Lê, 1993.

PREGÃO

Quem dá mais,
quem dá mais
por Minas Gerais?

Use Minas,
abuse de Minas,
tire as minas de Minas:
deixe Minas despojada,
só a terra pelada,
só a gente desconfiada.

Quem dá o lance primeiro?

Por trinta dinheiros
(mais as propinas)
entregam-se as Minas
dos mineiros.

Dou-lhe uma
dou-lhe duas
dou-lhe três:

levem a Usiminas
desta vez.

E depois, mais tarde?
Vai a Serra da Saudade!

Uai, e então?
Vende-se o Mineirão!

E o que mais entra no confisco?
O Rio São Francisco!

Tudo se vende,
tudo se embrulha:
o que acham da Pampulha?

Quem dá mais
um bocadinho
pelos profetas
do Aleijadinho?

E o que não for
para o exterior
por menor valor
toma-se por aqui:

Unaí
pode ir para
Canapi.

Urucuia vai pras cucuias.

Minas não há mais,
Velho Drummond.

Estão desmontando
Minas:
Minas sem montes,
sem riachos, sem matos,
sem belos horizontes.

Estão queimando Minas,
fazendo Minas de carvão.

Estão aterrando nascentes,
secando brejos,
estão jogando Minas no frege.

De todo lado vem a corja:
uns levam o ouro,
outros o aço, outros o ferro;
uns matam as matas
e semeiam a soja,
plantação ligeira
de lucro certo.

Minas é fértil:
em se plantando tudo dá,
desde que seja para exportar.

Não importa no que
a terra vai virar:

quem vê o sertão
de dentro e de perto
não vê verde,
já olha deserto.

Ó Minas Gerais,
ó Minas Gerais,
quem te viu
não te vê jamais.

E agora, José?
E agora, mineiros?

Que coisa medonha!

Perdemos tudo?
o orgulho,
a história
a vergonha?

ALGUMAS OPINIÕES CRÍTICAS SOBRE A OBRA DE WILSON PEREIRA

"Poeta sintonizado com seu tempo, Wilson Pereira escarva e escava a face visível das coisas para nos revelar imagens, conflitos e realidades que se escondem, invisíveis, aos olhos do homem comum.

Tomado dos instrumentos mais penetrantes e sensíveis, o Poeta empreende prospecções nos territórios profundos do homem; analisa o teor de tragicidade e ambivalência dos acontecimentos e fatos sociais e percorre, numa busca ansiada e tensa, os depósitos do mundo, nos quais se acumulam, desordenados, o ódio e o amor, a guerra e a paz, o pássaro e a seta, a flor e bomba, o gato e o rato.

(...) Os poemas dessa fase, amadurecidos e comoventes, cáusticos muitas vezes, marcam-se pela temática social e política."

(Do poeta Ricardo Rodrigues Marques, sobre Escavações no Tempo, 1974.)

"Wilson Pereira é um poeta que transcende o círculo de suas abstrações, para se integrar na temática do mundo. E se reconhece um cidadão universal, homem do seu tempo e bem afinado com a poesia do agora.

Sóbrio, magnificamente sóbrio, como participante. Não há o mínimo traço retórico no trato da convulsão: guerras, epidemias, lutas pelo homem livre, protestos. Não há divagações, nem gestos palavrosos, nem gritos desesperados de náufrago.

Wilson tem plena consciência de técnica. Constrói o poema com um rigor dificilmente alcançado pelos mais experientes. Parte as palavras, quando pode tirar dois significados ou mais de um mesmo vocábulo. Usa as artimanhas do poema plástico, corte de letras iniciais, aplicando o parêntesis, como jogo formal.

O verso de Wilson Pereira é curto, incisivo, sem enxertos nem palavras supérfluas. Direto, sem desperdícios, ele vai bem no tema e seu desenvolvimento.

(Do poeta Bueno de Rivera, apresentação de Escavações no Tempo, 1974.)

"(...) o traço que melhor caracteriza este novo livro – e este novo poeta – é o que lhe inspira o título, enuncia-se no poema "Apresentação" e se corporifica na primeira parte, 'O menino em Mim': redescobrimento da infância através da invenção poética, busca da felicidade pela eternização do menino.

Não se detém o poeta a ilustrar, desentendidamente, o topos romântico, radicado no Novo Testamento ("Deixai vir a mim os pequeninos..."); "la poésie c'est l'enfance retrouvée". Aqui, à dramática perda se opõe não um mero exercício de memória, não uma infância meramente relembrada, mas a infância reconstruída, reelaborada, a recriação do universo infantil. Perdido o Reino, o poeta o reinventa e erige em poesia, para si mesmo e para quem possa e ouse acompanhá-lo na travessia, em sua frágil e invencível nau da palavra.

Se Escavações no Tempo já mostrava, segundo Bueno de Rivera, um poeta singularmente promissor, um poeta que 'passou no vestibular e alcançou mesmo a plenitude em alguns poemas definitivos', nestas páginas encontrará o leitor um poeta maduro, completo, capaz de obras-primas (...), poeta que como um menino apascenta um rio sem margens."

(Do poeta Anderson Braga Horta, na Apresentação de Menino sem Fim, 1988)

"Consoante a lição de Holderlin, Wilson Pereira, poeta genuíno, funda o ser pela palavra e na palavra. E o sentido do poético, que nele 'fervilha' é por ele domado, mastigado, e comunicado segundo os parâmetros de uma tecnicidade contemporânea, de uma dicção e uma fatura que são as de seu tempo."

(Do escritor Danilo Gomes, in: "A Tarde", Salvador, 22/10/1977.)

"Li com prazer a poesia envolvente e comunicante de "Escavações no Tempo (...)"

(do poeta Carlos Drummond de Andrade, em carta ao autor, 21/12/1974)

"Apreciei em sua poesia a fidelidade à infância, pátria natural do poeta, e a fidelidade ao impulso lírico, único passaporte para ela. Desse impulso parece vir o melhor de seu canto, que se realiza em belos poemas."

(do poeta José Paulo Paes, sobre Menino sem Fim, em carta ao autor, e 02/03/1988.)

"Leio os poemas de Menino sem Fim e me surpreendo com a extraordinária força poética desses textos encantados, escritos com tanto rigor sobre a sua infância de menino mineiro. Trata-se de temática bastante difícil. Só um poeta de sua categoria, com tamanho domínio dos problemas da linguagem e tamanha vocação lúdica, alcançaria tamanha expressividade formal e poderia criar tantas obras-primas com tão poucas palavras." Apesar das poucas palavras, apesar do imenso poder de síntese e apesar da aparente frugalidade estética do autor, a sua poesia é muito mais complexa do que na realidade aparenta ser. Só os desavisados serão levados a pensar que uma poesia dessa ordem é de fácil elaboração."

(do poeta cearense Francisco de Carvalho, sobre o livro Menino sem Fim.)

"Wilson Pereira não deixa caducar aquele insuperável sentimento de Minas, parte do sentimento do mundo, de que um dia nos falou o vate de Itabira. Dentro do qual está o sentimento da infância sem-fim, comum aos garotos de qualquer parte do mundo. E ao reescrever esse tema tão comum, e ao mesmo tempo tão baldo de novas leituras e ângulos, não lhe pesam os clichês: escreve com o coração e esculpe com a alma. Com a musicalidade de uma Cecília Meireles e a linguagem renovada e original, como um Guimarães Rosa, mas sem o hermetismo deste. Pois, essencialmente lírico, transparente e atento às emoções mais vivas da pessoa humana, ausculta os seus mundos (os das tristezas e os das alegrias) e o invocando 'as tantas pequenas mortes em que vamos perdendo a vida', restaura o necessário e (e)terno olhar que capta as profundezas de cada coisa."

(do poeta e crítico literário Ronaldo Cagiano, sobre o livro de contos Amor de Menino, no Jornal "O TopNews", Goiânia, 31 de março a 6 de abril de 1998 e no livro Prismas, literaturas e outros temas.1997)

"No próprio título feliz do livro, Menino sem Fim, o autor encarna uma eternização, não das suas raízes de bom poeta, mas do tempo como um ser de corpo e alma. Vejo nos poemas do Wilson Pereira, um dos bons poetas surgidos nas últimas décadas da criação poética brasileira, a marca de uma criação mágica, que nasce amadurecida pelo tempo, que é a sua fonte."

(Ézio Pires, in: "Correio Braziliense", 18/12/1988 e reproduzido no livro Literatura na criação de Brasília.)

Wilson Pereira escavou, no profundo de seu talento, a beleza sã e doce deste Menino sem Fim, que se deve saborear como se vê crescer uma criança: - sem pressa, mansa, aberta e comovidamente."

(Viriato Gaspar, em 14 de março de 1989.)

" O poeta Wilson Pereira é também autor de um belo livro de contos: Amor de Menino. São histórias de meninos e animais. Ou somente de animais, como a do Jerico e da onça, que é uma espécie de anedota escrita em linguagem trabalhada e poética. Aliás, o livro todo traz essa linguagem dos bons escritores (...) O autor tem o domínio das técnicas de narrar. Seus personagens são acabados, desenhados, embora os "meninos" sejam sempre meninos, sem grande distinção entre uns e outros, como se todos eles fossem uma criança chamada Wilson.

Tudo nessas curtas narrativas de Amor de Menino é passado, é infância, é poesia. Não há miséria social, embora haja dor e morte. Há medo, há os sentimentos comuns a todos nós humanos e, sobretudo, a nós meninos. A poesia da infância. Não poesia pueril, que poesia pueril não chega a ser poesia.

Curiosamente, não há diálogos em nenhuma das histórias do livro. Assim, a linguagem se mantém limpa, trabalhada. Caso o autor tivesse optado pela utilização do discurso direto, reproduzindo o linguajar rural e infantil, certamente a linguagem não teria a beleza que tem."

(do escritor Nilto Maciel, in: "Letras Santiaguenses", setembro de 1998.)

"Quem conhece (e é do ramo) já avaliou o poeta Wilson Pereira. A mim me cabe apenas deliciar-me com a poesia pereiriana."

(do professor Cosme Damião da Silva, Doutor em Língua Portuguesa e professor aposentado da Universidade de Minas Gerais)

OBRAS DO AUTOR

I - Poesia

Escavações no Tempo. Belo Horizonte: RHJ, Edições e Representações, 1974.

Menino sem Fim. 1ª ed., Brasília: Thesaurus, 1988; 2ª ed., Belo Horizonte: Miguilim, 1995.

Pedras de Minas. Brasília: Da Anta Casa Editora, 1994.

II – Literatura Infantil

Pé de Poesia. Belo Horizonte: Dimensão, 1995; 2ª ed. 1997; 3ª 1998; 4ª ed. 1999.

III – Contos

Amor de Menino. Belo Horizonte: Dimensão 1997.

IV – Áudio Poema

Poemia (poemas gravados em fita cassete). Brasília: Da Anta Casa Editora, 1994.

V – Didático (seleção de textos e resenhas críticas de livros de autores de Brasília):

A Literatura Brasiliense. Brasília: Editora Universa, 1999. 191p.

VI – Participação em Antologias

Vôo Vetor. São Paulo: Editora do Escritor, 1974.

Em Canto Cerrado. Org. de Salomão Souza. Brasília: Coordenada, 1979.

Planalto em Poesia. Org. de Napoleão Valadares. Brasília: Thesaurus, 1987.

Antologia da Nova Poesia Brasileira. Org. de Olga Savary, Hipocampo/Secretaria de Cultura da Cidade do Rio de Janeiro, 1992.

Patos de Minas: cem anos de literatura e um século de poesia. Brasília: Da Anta Casa Editora, 1992.

XI Antologia Poética Hélio Pinto Ferreira. São Paulo: Editora Escrituras, 1996 (concurso promovido pela Fundação Cassiano Ricardo, com o apoio da prefeitura de Saõ José dos Campos).
XII Antologia Poética Hélio Pinto Ferreira. Idem, idem, 1997.
Intimidades Transvistas. Poemas baseados nos quadros de Valdir Rocha. São Paulo: Editora Escrituras, 1997.
Poesia de Brasília. Org. de Joanyr de Oliveira. Rio de Janeiro: Sete Letras, 1998.
O Prazer da Leitura. Org. de Jacinto Guerra *et al.* Brasília: Thesaurus, 1997.
A Poesia Mineira do Século XX. Org. de Assis Brasil. São Paulo: Imago, 1998.
Rumo à Estação Poesia. Org. de Ronald Claver. Belo Horizonte:Dimensão, 2001.
Vontades e Verdades – contos brasileiros. Org. de Heloisa Prieto. Belo Horizonte: Dimensão, 2001.
Poetas Mineiros em Brasília. Org. de Ronaldo Cagiano. Brasília: Varanda, 2002.

VII - Poemas estudados em livros didáticos:

Poema "O Gato", estudado no livro *Criatividade em Comunicação,* 8ª série do 1º grau, de Rosângela Borges Lima e Carlos Maciel Cunha. Belo Horizonte, Ed. Vigília, 1980.
Poema "Poemia", estudado no livro *O Domínio da Linguagem,* de Orlando Bianchini e Maria Antonieta Antunes Cunha. São Paulo: FTD, 1988, pp. 85/86.
Poema "Pregão", estudado no livro *Espaço Construção*, de Luci Imaculada de Oliveira Alves, Rosângela Miranda de Carvalho e Idárci Esteves Lasmar. Belo Horizonte: Editora Lê, 1993, pp. 88 –90.
Poemas "Narrativa" e "Algema", estudados no livro *Redação Escolar – análise*, síntese e extrapolação, de Elias José. São Paulo: FTD, 1987, pp. 51/52.

Poemas "Sinhá" e "Arraiais", estudados no livro *Nossas Raízes Culturais,* org. de Lindalva Patrício de Morais e Edlamar Maria de Fátima. Brasília, Editora Universa, 1996, pp 15-17 e 49-51.
Poema "Enquanto é tempo", estudado no livro *Abrindo Horizontes da História.* 2° vol. Dilma Mallard Scaldaferri e Lêda Couto. Belo Horizonte: Miguilim, 2002, pp. 33/34.

VIII
Citações em dicionários de literatura, enciclopédia e outros.
Escritores Brasileiros ao Vivo - entrevistas com 35 dos maiores autores brasileiros de hoje. Danilo Gomes. Belo Horizonte: Editora Comunicação / INL, 1980.
Dicionário dos Escritores de Brasília. Napoleão Valadares. Brasília: André Quicé, 1994.
Enciclopédia de Literatura Brasileira. Direção de Afrânio Coutinho e J. Galante de Sousa. São Paulo: Ministério da Cultura/Global Editora, 2001. (citado na pág. 1245)
Pensamentos da literatura Brasileira. Napoleão Valadares. Brasília: André Quicé Editor, 202.

IX– Livros inéditos
Noite: a casa do sono (poemas)
Águas Partidas (literatura infantil)*Águas Partidas* (literatura infantil)
O Mico Amigo (idem)
O Menino Cidadão (idem)
Vento Moleque (idem)
O Menino Colecionador (idem)
Zezinho e o Anjo Marmanjo (peça de teatro infantil)